LES HEVREVX AVSPICES

Du Voyage Triomphant

DE LA

REINE PACIFIQVE

Venant de Madrid à Paris,

ET

LES FEVX DE IOYE

Faits en cette grande Ville, le premier Soir de ce merueilleux Voyage.

Hæc dies boni nuntÿ ſceleris arguemur, ſi tacuerimus eam.
4. Reg. Cap. 7.

A PARIS,

Chez **Mathiev Colombel**, Imprimeur &
Libraire au Palais, ruë S. Anne, à la Colombe Royale.

___

M. DC. LX.

3

*Les Heureux Auſpices du Voyage Triomphant de la Reine
Pacifique , venant de Madrid à Paris , & les Feux
de Joye faits en cette grande Ville , le premier
Soir de ce merueilleux Voyage.*

LES grandes fortunes des Empires n'arriuent iamais ſans quelques ſignes, & ſans des prodiges. Les felicitez extraordinaires des Royaumes, en ſont preſque touſiours authoriſées: & les grands accidens du monde en ſont d'ordinaire ſignifiez par aduance. Les Payens meſmes & les Turcs ont des oracles des choſes futures, & l'Hiſtoire des grands Empires, nous fait toucher au doigt qu'il n'y eſt preſque iamais arriué rien de grand & d'extraordinaire, dont il n'y ait eu auparauant de notables pronoſtiques, & des augures inſignes. Ce grand iour meſme du iugement dernier, quoy qu'il doiue eſtre auſſi ſurprenant que le deluge, n'arriuera pas neantmoins ſans de grands ſignes, dans le Ciel & dans l'Air, dans la Terre & ſur la Mer. Auſſi les Anciens en auoient fait vne ſcience, mais comme les Gentils tournoient tout en ſuperſtition, & que d'ailleurs les eſprits des hommes ſont naturellement exceſſifs en ces interpretations des choſes: cette ſcience a eſté eſtouffée de reſueries ridicules, & elle eſt maintenant perduë. Touresfois les bons & les mauuais augures durent touſiours, & la memoire doit ce me ſemble ranger en ce nombre les tonnerres extraordinaires arriuez en cette grande Ville, pour pluſieurs circonſtances interuenantes en cette conjonĉture des choſes, qui ſemblent dignes de la reflexion des Sages: dont voicy l'Hiſtoire & les remarques.

A ij

Apres les fafcheufes rigueurs du plus long Hyuer que la France ait iamais fouffert, & qui a duré fix mois entiers: le premier de la Lune d'Avril (qui eft à peu prés le premier iour de l'Année Françoife) ramena les beaux iours, & la plus douce faifon du monde. Cependant au quatriefme de ce beau temps, qui eft le critique, & qui eftoit le quinziefme d'Avril felon l'Année Ecclefiaftique, iour auquel fuiuant le concert arrefté entre les deux premiers Monarques du monde, cette Diuine Infante eft partie d'Efpagne, pour venir Regner en France, & s'vnir eternellement à cét Augufte Roy Dieu donné. Le Ciel impatient de retardement, voulut donner le premier à la France les aduis de ce memorable départ, & eftre luy mefme le porteur de ces heureufes & triomphantes nouuelles: mais d'vne façon tout a fait triomphante & diuine, c'eft à dire auec fa voix tonante, & auec des feux de ioye celeftes allumez fur toute cette grande Ville.

En effet le foir mefme de ce grand iour, le Ciel fit paroiftre de tous coftez le plus grand & le plus beau feu de ioye, que iamais la France ait admiré: Il fembloit vouloir de cette grande Ville efclairer tout l'vniuers, tant les efclairs eftoient grands & efclatans. Il fembloit eftre extraordinairement efchauffé à donner cette grande nouuelle, tant ces feux eftoient drûs & continus. Il fembloit qu'il ne fe pouuoit laffer de la donner, ny finir iamais de la reyterer, tant ces feux continuërent longtemps: car il eft certain qu'ils ont duré plus de deux heures entieres, qui eft plus qu'aucuns feux du Ciel ayent iamais duré en France, en quelque faifon que ce foit. Il fembloit ne pronoftiquer pas feulement le bon heur de ce grand voyage, mais le peindre mefme auec des traits celeftes & des caracteres de lumieres, tant ces feux eftoient purs & lumineux: pendant tout ce long efpace de deux heures le d efcharges du

Ciel retentiſſoient ſi continuellement de toutes parts, que les plus incredules aduoüent, qu'il ſemble que toutes les bouches du Ciel ont deſchargé à ce corp, en honneur de cette grande & merueilleuſe Reine qui nous vient. Auſſi ces grands coups qui ont tant de fois fait retentir les collines, témoignent aſſez comme le Ciel prend part à nos ioyes & aux felicitez qu'il nous procure, puis qu'il nous en donne des marques ſi ſenſibles & ſi conſiderables en toutes leurs circonſtances.

La premiere, qui eſt celle du temps eſt certainement merueilleuſe & extraordinaire. La Philoſophie & l'experience nous apprend, que dans les pays chauds il ne tonne iamais en Eſté, mais ſeulement au cœur de l'Hyuer, c'eſt pourquoy les Saintes lettres racontent comme vn grand miracle d'Elie qu'il fit venir des tonnerres en Eſté, au contraire dans les pays froids il ne tonne iamais qu'en temps d'Eſté, comme dans les climats temperez il tonne ſeulement dans les ſaiſons temperées du Printemps & de l'Automne: dans la France Septentrionale au deça de la riuiere de Loire, qui diuiſe toute la France en deux, les tonnerres ne viennent d'ordinaire que dans l'Eſté, où tout au plus ſur la fin du Printemps. Auſſi perſonne n'entendit iamais au mois d'Avril en ce pays des tonnerres ſi eſclatans, & de deux heures entieres: c'eſt vn prodige & vne merueille de nos iours.

La circonſtance de l'année n'eſt pas peut eſtre moins conſiderable. Quand les Hyuers ſont longs il ny a preſque point de Printemps, comme il arriue ordinairement en Pologne & en Moſcouie: les beaux iours & les chaleurs retardent eſgalement, & ne commencent que ſur la fin de May. Cependant apres vn Hyuer, que l'on peut à tres-iuſte tiltre ſurnommer le long Hyuer, & qui a tenu ſi longtemps le monde priſonnier dans l'enceinte des Vil-

les, de voir auffi toft les beaux iours de retour, & d'enten-
dre au mois d'Avril le Ciel retentir comme au plus fort
des grandes chaleurs de l'Efté: cela ne peut paffer à mon
aduis que pour vn extraordinaire, & pour vn augure des
felicitez que le Ciel nous deftine, fous les influences de ce
bel Aftre naiffant, lequel fortant de l'Occident vient en-
trer en conjonction auec le Soleil de la France, dans vne
maifon de bon-heur & de benedictions.

Ie laiffe à confiderer la circonftance du foir & de
l'heure precife des feux de ioye, pendant laquelle ces feux
ont efclairé & eftonné tout vn monde reduit dans vne
Ville.

Pour celle du lieu elle n'eft pas encore efclaircie: mais
comme les tonnerres ne font iamais vniuerfels à mefme
temps, non plus que les vents de terre, non pas mefme au
plus fort des grandes chaleurs, parce que les exhalaifons
de la terre ne font iamais abondantes, comme les vapeurs
de la mer : Ie preuois que le temps nous apprendra, comme ces feux de ioye fe font premierement faits à Paris pre-
cifément, & dans le fiege Royal de cette Augufte triomphante, en attendant que toute la France en foit efclairée,
à fon bien heureux aduenement.

La circonftance de la chofe mefme eft auffi remarquable dans les augures : Ciceron obferue que le plus di-
uin de tous les aufpices, c'eft le tonnerre, notamment s'il
efclate vers l'Orient, comme ceux-cy ont fait : Comme
donc les Anciens eftoient grands obferuateurs des aufpices des mariages, & prenoient les moindres qu'ils en euf-
fent pour de grandes faueurs du Ciel, ne femble il pas que
le Ciel a voulu fauorifer & fignaler ce grand iour du plus
grand de tous les aufpices, & faire mefme vn petit miracle de la nature, en faueur de ces heureufes Alliances.

Mais enfin la circonftance du iour eft celle qui rend

sans doute, cette merueille encore plus merueilleuse &
tres remarquable. Puis qu'estant le iour des Auspices &
le point des Augures de ce grand voyage, & l'Horoscope
des années futures : vne rencontre si extraordinaire en
toutes ces circonstances, ne rend pas seulement ce iour
illustre & memorable: mais elle le rend aussi merueilleux,
& de tres bon Augure à toute l'Europe.

Le grand S. Augustin a remarqué, que Dieu a signa-
lé & sanctifié les quatre principaux iours de l'année, qui
sont les deux solstices & les equinoxes du rencontre des
mysteres de sa naissance & sa conception, auec celle de
son Precurseur S. Iean. Il est né le premier iour de l'hyuer
& de l'année astronomique, il a esté conceu & annoncé
le premier iour du Printemps & de l'année Astrologique:
S. Iean Baptiste est né le premier iour de l'Esté, & il a esté
conceu aprés l'apparition de l'Ange, le premier iour de
l'Automne. Pour marque, dit ce grand Saint, & pour
Augure que S. Iean deuoit diminuer, & que Iesus-Christ
deuoit croistre: Il en a fait autant, dit le mesme Docteur,
des quatre poincts Cardinaux du iour; il est né à minuit,
il est mort vers le soir, qui anticipa mesme par les tenebres,
il est resuscité au point du iour, & il est monté au Ciel au
point de midy. C'est donc ainsi qu'il rend ce grand iour,
qui doit estre le principe & l'Augure des felicitez de la
Reine Pacifique de l'Europe, & de tout le monde extraordinairement illustre & esclatant par des feux de ioye du
Ciel, tout a fait merueilleux & extraordinaires en toutes
leurs circonstances: Pour nous faire esperer que cette
merueille du monde, sera le bon heur de l'Vniuers, par
elle mesme, & par les benedictions abondantes de son
mariage.

Il en court desia des vers, depuis longtemps, que l'on
ma prié d'inserer icy, tels qu'ils sont,

Quand le monde verra deux b entre deux i
Vne Rose du Ciel enfantera vn Lis,
Le plus beau, le plus grand, qui fut iamais au monde,
C'est Cil à qui le Ciel, donne la Pomme Ronde.

C'est à dire en l'année 1661. lors que deux six, qui ont la mesme forme du b, seront entre deux i, vne fleur vermeille & des couleurs d'Espagne, donnera à la France ce rejeton des Lis, predit depuis si longtemps par les oracles.

Cette esperance semble d'autant plus vray semblable, que plusieurs grands hommes depuis plusieurs siecles, ont estimé que le commencement de ce grand siecle d'Or qui doit terminer les aages du monde, & faire voir la Conuersion des Iuifs & de tout le monde, escheoit en l'année 1666. à quoy s'accordent les oracles mesmes des Turcs, les mouuemens des Astres, & le commencement de la roüe de Fortune arriué en nos iours depuis six ans, & mesme les interpretations des saintes lettres, qui donnent à l'Aigle esployée, & à l'Empire Romain démembré en sept chefs & en dix couronnes, la durée de 1260. ans, de façon que cette sorte d'Empire ayant commencé le 400. lors que les Nations inonderent l'Empire Romain, & donnerent principe & naissance à ces sept Monarchies dans le mesme Empire : Il arriue que cette année 1660. doit estre la porte, & l'Orient des grandes felicitez du monde.

FIN.